Timothée va à l'école

texte et illustrations
de Rosemary Wells

traduit par
Catherine Chaine

L'École des Loisirs

La mère de Timothée lui fait
une salopette toute neuve pour
la rentrée des classes.

Collection folio benjamin

Pour Jennifer et Karen H.

ISBN 2-07-39078-0
Titre original: Timothy goes to school.
Première publication chez The Dial Press, 1981, Etats-Unis.
© Rosemary Wells, 1981, pour le texte et les illustrations.
© Ecole des loisirs, 1981, pour la traduction française
avec l'accord de Sheldon Fogelman.
© Editions Gallimard, 1982, pour la présente édition.
Numéro d'édition: 56853.
1er dépôt légal: Septembre 1982.
Dépôt légal: Août 1992.
Imprimé en Italie.

« Formidable ! »
s'écrie Timothée.

Timothée part à l'école avec sa
salopette neuve, son livre neuf
et son crayon neuf.

« Bonjour ! » dit Timothée.

« Bonjour ! » dit la maîtresse.

« Timothée », dit la maîtresse,
« voilà Claude.
Claude, voilà Timothée.

Je suis sûre que vous
allez être très amis. »

« Salut ! » dit Timothée.

« Personne ne porte
une salopette le jour de la
rentrée », dit Claude.

Pendant toute la récréation,
Timothée espère que Claude va
tomber dans une flaque d'eau.

Mais il ne tombe pas.

Quand Timothée rentre chez
lui, sa mère lui demande :
« c'était bien l'école,
aujourd'hui ? »

« Personne ne porte une salopette neuve le jour de la rentrée », dit Timothée.

« Je te ferai une jolie veste
neuve »,
répond sa mère.

Le lendemain, Timothée porte
sa nouvelle veste.

« Salut ! » dit Timothée à
Claude.

« Personne ne se met en tenue
de soirée le deuxième jour de
classe », dit Claude.

Toute la journée, Timothée
espère que Claude va faire une
bêtise.

Mais il ne la fait pas.

Quand Timothée rentre chez
lui, sa mère lui demande :
« c'était bien l'école,
aujourd'hui ? »

« On ne se met pas en tenue de soirée le deuxième jour de classe », dit Timothée.

« Ne t'en fais pas », répond sa mère, « demain tu seras habillé comme tout le monde. »

Le lendemain Timothée va en
classe avec sa chemisette préférée.

« Regarde ! » dit Timothée,
« tu as la même chemisette que
moi ! »

« Non », dit Claude,
« c'est toi qui as la même chemisette que moi ! »

A midi, Timothée espère de
toutes ses forces que Claude se
retrouvera tout seul pour le
déjeuner.

Mais Claude n'est pas tout seul.

Après l'école Timothée est
introuvable.
« Où es-tu ? » l'appelle sa
mère.

« Je n'irai plus jamais à
l'école », dit Timothée.
« Et pourquoi ? » demande sa
mère.

« Parce que Claude est le mieux habillé, le meilleur en tout, et que toute la classe l'aime », répond Timothée.

« Tu te sentiras mieux dans ta tenue de rubgy », dit la mère de Timothée.

Mais Timothée ne se sent pas
mieux dans sa tenue de rugby.

Ce matin-là, Claude joue du saxophone.

« Je ne peux plus la supporter », dit une voix à côté de
Timothée.

C'est Violette.
« Tu ne peux plus supporter
quoi ? » demande Timothée à
Violette.

« Sophie ! » dit Violette,
« Elle chante.

Elle danse. Elle compte
jusqu'à mille et elle est assise
juste à côté de moi ! »

Pendant la récréation Timothée
et Violette restent ensemble.

« Et dire que tu étais là depuis la rentrée ! » remarque Violette.

— Veux-tu venir à la maison après la classe et manger des crêpes avec moi ? » demande Timothée.

Sur le chemin du retour,
Timothée et Violette rient tel-
lement de Claude et de Sophie
qu'ils en ont tous les deux le
hoquet.

BIOGRAPHIE

Rosemary Wells aime le dessin depuis qu'elle est toute jeune. A neuf ans, elle adorait dessiner des caricatures d'hommes politiques. Etudiante très douée, elle étudia les beaux-arts dans différentes universités américaines, et se passionna pour les livres d'enfants. Depuis plus de dix ans qu'elle écrit et illustre, chacun de ses livres lui vaut lauriers et médailles aux Etats-Unis où elle vit actuellement et un grand succès dans plusieurs pays d'Europe, en Angleterre notamment. *Chut, chut, Charlotte*, paru dans la collection Folio Benjamin, a été son premier livre publié en France. Depuis sont sortis dans la même collection : *Sébastien et Olivia* et *Le sac à disparaître*. En se rappelant ses souvenirs d'enfance ou en observant sa petite fille, Rosemary Wells trouve son inspiration et crée des livres toujours pleins de tendresse et de douceur.

folio benjamin

Si vous avez aimé ce livre, précipitez vous… sur d'autres **folio benjamin** ! D'autres histoires à lire et à relire, bien sûr toujours illustrées en couleurs par les meilleurs artistes:

folio benjamin

Des ''premières lectures'' pour les petits, à lire et à écouter lire :